GUÍA DE LECTURA

Escrita por Claire Cornillon
Traducida por Marta Sánchez Hidalgo

Macbeth

de William Shakespeare

WILLIAM SHAKESPEARE

POETA Y DRAMATURGO INGLÉS

- **Nacido en 1564 en Stratford-upon-Avon (Inglaterra)**
- **Fallecido en 1616**
- **Algunas de sus obras:**
    - *El sueño de una noche de verano* (1592-1595), comedia
    - *Ricardo III* (1592-1595), obra histórica
    - *Hamlet* (1595-1600), tragedia

Poeta y dramaturgo, figura eminente de la literatura inglesa y, en particular, del teatro isabelino (de la reina Isabel I, 1558-1603), William Shakespeare nació en 1564. En ocasiones se ha cuestionado sobre su existencia histórica, que parece desde entonces probada, aunque varias etapas de su vida siguen sin conocerse. Ha escrito 37 obras, que se han clasificado generalmente en cuatro categorías: las obras históricas como *Ricardo III*, las comedias como *El sueño de una noche de verano*, las grandes tragedias como *Hamlet* y finalmente las últimas obras entre las que se encuentra *La tormenta*. En los años 1600, la compañía de este actor y escritor, considerada una de las mejores de Londres, se instala en el teatro The Globe. William Shakespeare muere en 1616.

MACBETH

UNA OBRA MARCADA CON EL SELLO DE LA FATALIDAD

- **Género:** tragedia
- **Edición de referencia:** Shakespeare, William. 2000. *Macbeth*. Traducido por José María Valverde. Barcelona: Planeta DeAgostini
- **Primera edición:** 1999
- **Temáticas:** guerra, destino, asesinato, poder, fantasma, profecía

Macbeth es una de las grandes tragedias de Shakespeare y cuenta cómo el personaje epónimo, influido por su mujer y la profecía de tres brujas, asesina al rey para ocupar su lugar. Aunque se representó la primera vez en 1606, se publicó en 1623. Disponemos de esta versión, pero seguramente es incompleta y diferente de la original. La obra, inspirada en fuentes históricas, cuestiona al poder poniendo en escena el destino trágico de un hombre y de una mujer que se hunden en la locura.

RESUMEN

PRIMER ACTO

En Escocia, en el páramo, tres brujas anuncian que vendrán al encuentro de Macbeth antes del atardecer. En el campamento del ejército del rey de Escocia Duncan, un capitán herido informa a su soberano de la situación en el campo de batalla. Elogia los méritos de los generales Macbeth y Banquo, que han resistido con valor a los ataques del rey de Noruega. Ross, un noble, trae al rey de Escocia noticias sobre la batalla a su vuelta: le revela la traición del duque de Cawdor y la victoria del ejército de Duncan. «Ese barón de Cawdor no volverá a ser traidor a nuestro interés cordial: id a anunciar su muerte inmediata, y saludad a Macbeth con el título que tenía él», ordena entonces el rey (Shakespeare 2000, acto I, escena II).

Macbeth y Banquo se encuentran a las brujas, que predicen al primero que será Señor de Glamis, Señor de Cawdor y, más tarde, rey. En cuanto al segundo, le revelan «Engendrarás reyes, pero tú no lo serás» (Shakespeare 2000, acto I, escena III). Ross le anuncia entonces a Macbeth que el rey le concede el título de Señor de Cawdor, cumpliéndose así las palabras de las brujas. Macbeth empieza a planear el asesinato de Duncan para poder convertirse en rey.

En el palacio de Forres, Malcolm, el hijo del rey Duncan, cuenta la ejecución del traidor Cawdor. En Inverness, la Señora Macbeth lee una carta de su marido que le informa de lo que le acaba de ocurrir. Entonces decide animar a

Macbeth para que asesine a Duncan, por miedo a que su decisión se debilite. Macbeth llega y le anuncia que el rey va a ir a su casa.

La Señora Macbeth recibe al rey. Macbeth en un monólogo duda sobre la conducta que debe adoptar. Decide no cometer el asesinato, pero la Señora Macbeth consigue convencerle más tarde. «Estoy decidido, y reúno todas mis capacidades corporales para ese hecho terrible. Vamos allá, y engañemos el tiempo con la más hermosa apariencia: el rostro falso debe ocultar lo que sabe el corazón falso» (Shakespeare 2000, acto I, escena VII).

SEGUNDO ACTO

Al anochecer, Macbeth se dirige a la habitación del rey con un puñal. La Señora Macbeth se ha encargado de drogar a los criados del soberano. Se cruza con su marido, que le comunica que ha cometido el asesinato. Como Macbeth no quiere volver a la habitación del rey, su marido se encarga de rociar sangre sobre los criados para que parezcan culpables. El portero abre a Macduff y Lennox, dos nobles de Escocia que vienen a ver al rey. Se encuentran entonces con Macbeth y descubren la muerte del rey. A continuación, los dos hijos de Duncan se van, Malcolm a Inglaterra y Donalbain a Irlanda. Macbeth va a ser rey.

TERCER ACTO

Macbeth ordena la muerte de Banquo y de su hijo Fleance porque no puede aceptar la idea de que los descendientes de Banquo reinarán después de él. Los asesinos matan a Banquo, pero su hijo huye. Durante el banquete en un salón del palacio, a Macbeth se le aparece el espectro de Banquo. La Señora Macbeth intenta distraer a los invitados, que se preocupan por el trastorno de su soberano.

CUARTO ACTO

Macbeth va a ver a las brujas y Hécate, la diosa a la que obedecen, para saber su futuro. Unas apariciones van respondiendo a sus preguntas. La primera aparición le cuenta que tiene que desconfiar de Macduff. La segunda, un niño ensangrentado, le dice que «ningún hombre nacido de mujer de Macbeth podrá ser el vencedor» (Shakespeare 2000, acto IV, escena I). La tercera, un niño coronado con un árbol en la mano, le revela que «Macbeth seguirá invicto y con ventura si el gran bosque de Birnam no se mueve y, subiendo, a luchar con él se atreve» (Shakespeare 2000, acto IV, escena I). Y cuando Macbeth quiere saber si los hijos de Banquo reinarán, se le aparecen los espectros de ocho reyes, así como el de Banquo, confirmando sus temores.

Lennox le anuncia a Macbeth que Macduff ha huido a Inglaterra, y Macbeth ordena que se tome su castillo y que se mate a su familia. Macduff convence a Malcolm de que Macbeth es digno de reinar. Se le acaba de revelar a Macduff la suerte de su familia.

QUINTO ACTO

Una Dama de la Reina le explica al médico que la Señora

Macbeth es sonámbula y se despierta por las noches. Los dos observan el comportamiento de la reina. Se frota las manos para lavar la sangre que cree ver en ellas.

Las fuerzas inglesas dirigidas por Malcolm, Siward y Macduff llegan cerca de Dunsinane para asediarla. Macbeth, pensando que no le ocurrirá nada, decide afrontar el asedio. Pero los soldados, escondidos entre las ramas, avanzan hacia el castillo como si el bosque anduviera hacia él: la profecía se cumple. La Señora Macbeth ha muerto, se le anuncia a su esposo. Macbeth mata al joven Siward, luego Macduff, que salió antes de tiempo del vientre de su madre y que encarna así la segunda parte de la profecía, consigue matar a Macbeth. Malcolm es entonces rey.

ESTUDIO DE LOS PERSONAJES

MACBETH

Macbeth es un general al servicio del rey de Escocia. Se trata de un personaje ambiguo que muestra varias facetas de su personalidad a lo largo de la obra. Al principio aparece como un héroe épico y guerrero. Antes de que salga a escena, se le describe como un general valiente que ha demostrado su valor en el campo de batalla:

> «Pues el valiente Macbeth (bien merecido que se le llame así), despreciando a la fortuna, blandió el acero humeante de sangrienta matanza (como favorito de la Valentía) para abrirse a golpes como trinchando, hasta enfrentarse con ese bribón, y no le dio la mano ni se despidió de él antes de descoserle desde el ombligo a las costillas, y de plantar su cabeza sobre nuestras almenas» (Shakespeare 2000, acto I, escena II).

Es ambicioso y, cuando se le presenta la ocasión, cede ante las tentaciones del poder. Simbólicamente, al tomar el título de Señor de Cawdor, que era un traidor, asume esta función de traidor a su vez. Paradójicamente, Macbeth suele aparecer temeroso, inseguro y, aunque desee ser rey, la perspectiva del magnicidio le detiene. Al principio no es un asesino frío que mata sin dudar. «Los temores reales son menores que las imaginaciones horribles: mi pensamiento, cuyo crimen sólo es todavía imaginario, trastorna de tal modo mi simple condición de hombre, que toda acción queda sofocada en suposiciones, y nada es sino lo que no es», dice cuando la posibilidad del asesinato le viene a la mente (Shakespeare

2000, acto I, escena III).

La Señora Macbeth es la que le empuja a cometer el acto: «Pero temo tu naturaleza, que está demasiado llena de la leche de la bondad humana, para tomar por el camino más corto. Querrías ser grande, no te falta ambición, pero sin la maldad que habría de acompañarla. Lo que deseas en altura, lo deseas con santidad: no querrías hacer trampas, pero querrías ganar sin derecho», piensa ésta (Shakespeare 2000, acto I, escena IV).

Cuando comete el asesinato, Macbeth se hunde cada vez más en la violencia y en la locura. La sed de poder es un círculo vicioso. Al ser rey, no puede aceptar que los hijos de Banquo sean sus sucesores y decide matar a Banquo y a Fleance. Pero la culpabilidad le atormenta desde el primer asesinato cometido y más tarde toma la forma del espectro de Banquo que viene a atormentarle en el banquete. «Me da miedo pensar en lo que he hecho: no me atrevo a mirarlo otra vez», le dice a la Señora Macbeth después de haber matado a Duncan (Shakespeare 2000, acto II, escena II).

Es un personaje trágico porque ha sido manipulado por el discurso de las brujas y cegado por la sed de poder. Aunque se crea invencible, al final de la obra se dirige a su pérdida: lo que creía imposible se vuelve posible.

LA SEÑORA MACBETH

La Señora Macbeth es una mujer fuerte, determinada, ambiciosa y manipuladora. Su discurso está saturado de imágenes en general asociadas con la mujer y la madre, que suelen impactar: la leche, símbolo de la vida, se opone de esta forma a la sangre, símbolo de la muerte. «Espesad mi sangre, tapad el acceso y la entrada de la a la piedad para que ningún natural acceso de compasión haga vacilar mi fiero propósito, ni ponga tregua entre él y la ejecución», dice (Shakespeare 2000, acto I, escena V). Ella es la que domina los intercambios con su marido y la que actúa cuando él no es capaz.

Sin embargo, la Señora Macbeth muestra otras facetas a lo largo de la obra. Ella, que está tan segura de su objetivo, se encuentra a su vez carcomida por la culpabilidad, atormentada por el crimen que la despierta por la noche y le hace actuar en sueños. Las manchas de sangre que cree ver en sus manos son la pura imagen de la culpabilidad que siente y que va a conducirla a la muerte.

Los caminos de Macbeth y de la Señora Macbeth se cruzan: cogen confianza a lo largo de la obra, cegándose cada vez más, mientras que ella se da cuenta de su crimen poco a poco y pierde su confianza.

BANQUO Y DUNCAN

Banquo y Duncan son, de alguna forma, los dobles invertidos de Macbeth.

Duncan es el rey justo, opuesto a su sucesor, que será un tirano. «Este Duncan ha usado sus poderes con tal bondad, ha sido tan claro en su gran dignidad, que sus virtudes argüirán como ángeles de lengua de trompeta en contra de la profunda condenación de eliminarle» dice Macbeth sobre él

(Shakespeare 2000, acto I, escena VII).

En cuanto a Banquo, está, como Macbeth, enfrentado a las predicciones de las brujas. Sin embargo, es suspicaz. Desconfía del discurso y no entra en el complot contra el rey. «Pero es raro: y a menudo, para conseguir nuestro daño, los instrumentos de la tiniebla nos dicen verdades, nos conquistan con tonterías honradas, para traicionarnos en consecuencias más graves», dice (Shakespeare 2000, acto I, escena III).

Es, por cierto, una diferencia notable entre la obra de Shakespeare y la fuente histórica en la que se inspira, *Crónicas de Inglaterra, Escocia e Irlanda* de Raphael Holinshed (1577), en la que Macbeth maneja una conspiración contra el rey Duncan de la que Banquo forma parte. Este cambio permite a Shakespeare construir el personaje de Banquo como un doble contrario y positivo de Macbeth. Es como él un héroe guerrero, pero no se hunde en el ciclo infernal de la sed de poder y permanece leal a su soberano. El hecho de que Macbeth lo mande asesinar no es sólo una consecuencia de su voluntad de reinar simbólicamente para la eternidad, sino sobre todo la imagen de una decisión: al matar a Banquo, Macbeth mata a un posible sí mismo, y cae todavía más en la traición y en la violencia.

CLAVES DE LECTURA

UN ITINERARIO TRÁGICO

Macbeth es una tragedia porque el personaje epónimo cumple sistemáticamente un objetivo que otros le han planeado. Por un lado se deja dominar por sus pasiones y su sed de poder, por otro se deja influenciar por su mujer. Vive un declive aunque él se piense que gana algo. De héroe respetado pasa a traidor y muere al final odiado por todos. «Ni entre las legiones del hórrido Infierno puede salir un diablo tan condenado en males que supere a Macbeth», dice Macduff (Shakespeare 2000, acto IV, escena III).

El lugar de lo sobrenatural es esencial porque las brujas no se contentan con revelarle el futuro a Macbeth, sino que ellas son la causa. Estos seres encarnan la ambigüedad y la duplicidad. Ya es una señal su apariencia. Así las describe Banquo en una especie de apostilla interna: «¿Estáis vivas, o sois algo a que el hombre pueda preguntar? Parecéis entenderme, porque cada una de vosotras, al mismo tiempo, se pone el rugoso dedo en los descarnados labios: debéis ser mujeres, pero vuestras barbas me impiden entender que lo seáis» (Shakespeare 2000, acto I, escena III). Macbeth considera por primera vez el asesinato porque ellas hacen brillar el trono ante sus ojos. Los poderes superiores que ellas representan se burlan de él al prometerle el poder, sabiendo que esto le conducirá a la muerte. La ironía trágica es que ellas le revelan cómo va a morir, pero de una forma tan encriptada que no lo puede entender. El héroe trágico es el que, viendo escapar su destino, lo cumple en realidad.

Por eso pronuncia esas palabras célebres al final de la obra, abrumado por su destino cuando se entera de la muerte de su mujer: «La vida es sólo una sombra caminante, un mal actor que, durante su tiempo, se agita y se pavonea en la escena, y luego no se le oye más. Es un cuento contado por un idiota lleno de ruido y furia, y que no significa nada» (Shakespeare 2000, acto V, escena V).

Hay que destacar también que *Macbeth* es una tragedia, más especialmente una tragedia isabelina. Ésta se distingue de la tragedia clásica francesa por su ausencia de unidad de tiempo, de lugar y de acción. La unidad de tono tampoco es necesaria; por eso las tragedias de Shakespeare contienen en general de escenas cómicas como la del portero en *Macbeth*. Por último, la representación de asesinatos y de violencia en la escena es posible, mientras que no lo es en la tragedia clásica.

EL PODER DEL LENGUAJE

El lenguaje tiene un papel fundamental en la obra.

Al principio es engañoso y ambiguo. Son las profecías oscuras de las brujas las que conducen a Macbeth a su pérdida. Asimismo, dice al final de la obra: «Y que nadie crea más a esos demonios engañadores que nos enredan con un doble sentido, y cumplen la palabra de la promesa para nuestro oído, quebrantándola para nuestra esperanza» (Shakespeare 2000, acto V, escena VII). Además, el lenguaje es la máscara que llevan la Señora Macbeth y su marido para encubrir su crimen. Durante el banquete, por ejemplo, la Señora Macbeth intenta guardar las apariencias con un discurso mundano, pero ya es muy tarde y la máscara empieza a caerse.

Por otro lado, el lenguaje es un instrumento de poder y de manipulación. «Acude acá de prisa, para que pueda verterte en el oído mi ánimo, y ahuyentar con la valentía de mi lengua todo lo que te estorba llegar al círculo de oro con que los Hados y una ayuda sobrenatural parece que te quieren ver coronado», dice la Señora Macbeth sobre su marido (Shakespeare 2000, acto I, escena V). En la primera parte de la obra, se representa a esta mujer como la que domina el lenguaje. En los diálogos con su marido, las réplicas son mucho más largas y despliegan una retórica de persuasión muy eficaz, mientras que las de Macbeth son cortas, mucho menos estructuradas y, a menudo, interrogativas. Ella es la que maneja el diálogo. A la mujer, en el imaginario cristiano, se le asocia a la serpiente y por el discurso la serpiente tienta a Eva, que tienta en su momento a Adán.

El monólogo suele ser deliberativo en Macbeth, que duda y sopesa los argumentos mientras que la Señora Macbeth construye directamente un discurso ofensivo. No comete ningún asesinato por ella misma, pero sus palabras son en un sentido eficientes, tienen valor de acción porque la Señora Macbeth toma la decisión y conduce a su marido a cumplir su voluntad.

ORDEN Y DESORDEN

En el pensamiento isabelino, el mundo se dispone según un cierto orden y el microcosmo (una estructura en una escala reducida) es un espejo del macrocosmo (una estructura más vasta, todo el universo). Si un elemento perturba este equilibrio entonces, reina el caos. Por eso la cuestión de la legitimidad al soberano es tan importante. El rey es la imagen de su reino. De esta forma Duncan es un rey justo y respetado. Macbeth, en oposición, es un tirano. Pero el orden se restaura con la subida al trono de Malcolm. «Todo eso, y lo demás necesario que nos requiera, por la gracia de la Gracia, lo haremos de modo adecuado, en su momento y su lugar», dice al final de la obra (Shakespeare 2000, acto V, escena VII) como una imagen del equilibrio recuperado.

El regicidio es un crimen antinatural, que perturba el orden de las cosas y el reino entero de Macbeth se inscribe en esta dirección. «La destrucción ha hecho ahora su obra maestra: un asesinato sacrílego ha abierto y roto el templo ungido del Señor, y se ha llevado de allí la vida del edificio» exclama Macduff cuando descubre el crimen (Shakespeare 2000, acto II, escena III). Por eso la naturaleza está perturbada. Varios personajes mencionan el comportamiento extraño de los animales, por ejemplo. «El pájaro de la tiniebla ha clamado toda la noche. Algunos dicen que la tierra tenía fiebre y temblaba», dice Lennox el día del asesinato de Duncan (Shakespeare 2000, acto II, escena III). Y más tarde, el viejo le cuenta esto a Ross: «Va contra la Naturaleza, como el hecho que se ha cometido: el martes pasado, un halcón, elevado al orgullo de su altura, fue sorprendido y muerto por un búho cazador» (Shakespeare 2000, acto II, escena IV). El reino está afectado por completo por la falta del soberano.

Macbeth es un soberano ilegítimo, pero Malcolm restaura la legitimidad al convertirse en rey. Asume lo que implica esta función. Aunque sea un individuo de vicios, cuando sea rey encarnará el reino, y así la virtud y la justicia, al contrario que Macbeth, que ha dejado que sus pasiones ensucien la función de soberano. «Aquí niego las manchas y culpas que he echado sobre mí mismo, como extrañas a mi naturaleza», dice Malcolm (Shakespeare 2000, acto IV, escena III).

PISTAS PARA LA REFLEXIÓN

ALGUNAS PREGUNTAS PARA PROFUNDIZAR EN SU REFLEXIÓN...

- ¿Qué imagen de soberano muestran Duncan, Macbeth y Malcom respectivamente?
- ¿Cómo lleva la escena VII del primer acto a la decisión del asesinato?
- ¿Cómo se estructura el diálogo de Macbeth?
- ¿Por qué argumentos y por qué medios retóricos consigue la Señora Macbeth cambiar la opinión de su marido?
- ¿Cuáles son las diferencias y similitudes entre Macbeth y Banquo?
- ¿Cuál es el papel de lo sobrenatural en la obra?
- ¿Se podría encontrar también lo sobrenatural en una tragedia francesa de los siglos XVII y XVIII? Justifique su respuesta.
- ¿La obra de Shakespeare respeta las unidades de tiempo, de lugar y de acción? Explíquelo.
- ¿Por qué elementos se simboliza la culpabilidad de los dos protagonistas?
- Compare los dos encuentros con las brujas. ¿Cuáles son las diferencias entre las dos escenas? ¿Qué papel específico desempeña cada una de ellas en la obra?
- En la reescritura de la obra de teatro que propuso Eugène Ionesco y que se titula *Macbett*, un tirano sustituye a otro en un ciclo sin fin. ¿En qué difiere esta tesis del argumento de la obra de Shakespeare? ¿Cuáles son los elementos de *Macbeth* que pueden conducir a este tipo de interpretación?

- Según usted, ¿qué importancia otorga Shakespeare al destino y a la responsabilidad humana?
- ¿Cree que esta obra puede aludir la realidad actual?

¡Su opinión nos interesa!
¡Deje un comentario en la página web de su librería en línea,
y comparta sus favoritos en las redes sociales!

PARA IR MÁS ALLÁ

EDICIÓN DE REFERENCIA

- Shakespeare, William. 2000. *Macbeth*. Traducido por José María Valverde. Barcelona: Planeta DeAgostini.

EN RESUMENEXPRESS.COM

- Guía de lectura de *Hamlet* de William Shakespeare.
- Guía de lectura de *El sueño de una noche de verano* de William Shakespeare.
- Guía de lectura de *Romeo y Julieta* de William Shakespeare.

ResumenExpress.com

Muchas más guías para descubrir tu pasión por la literatura

www.resumenexpress.com

www.resumenexpress.com

ISBN ebook: 9782806272058

ISBN papel: 9782806272065

Depósito legal: D/2015/12603/533

Cubierta: © Primento

Libro realizado por Primento, el socio digital de los editores